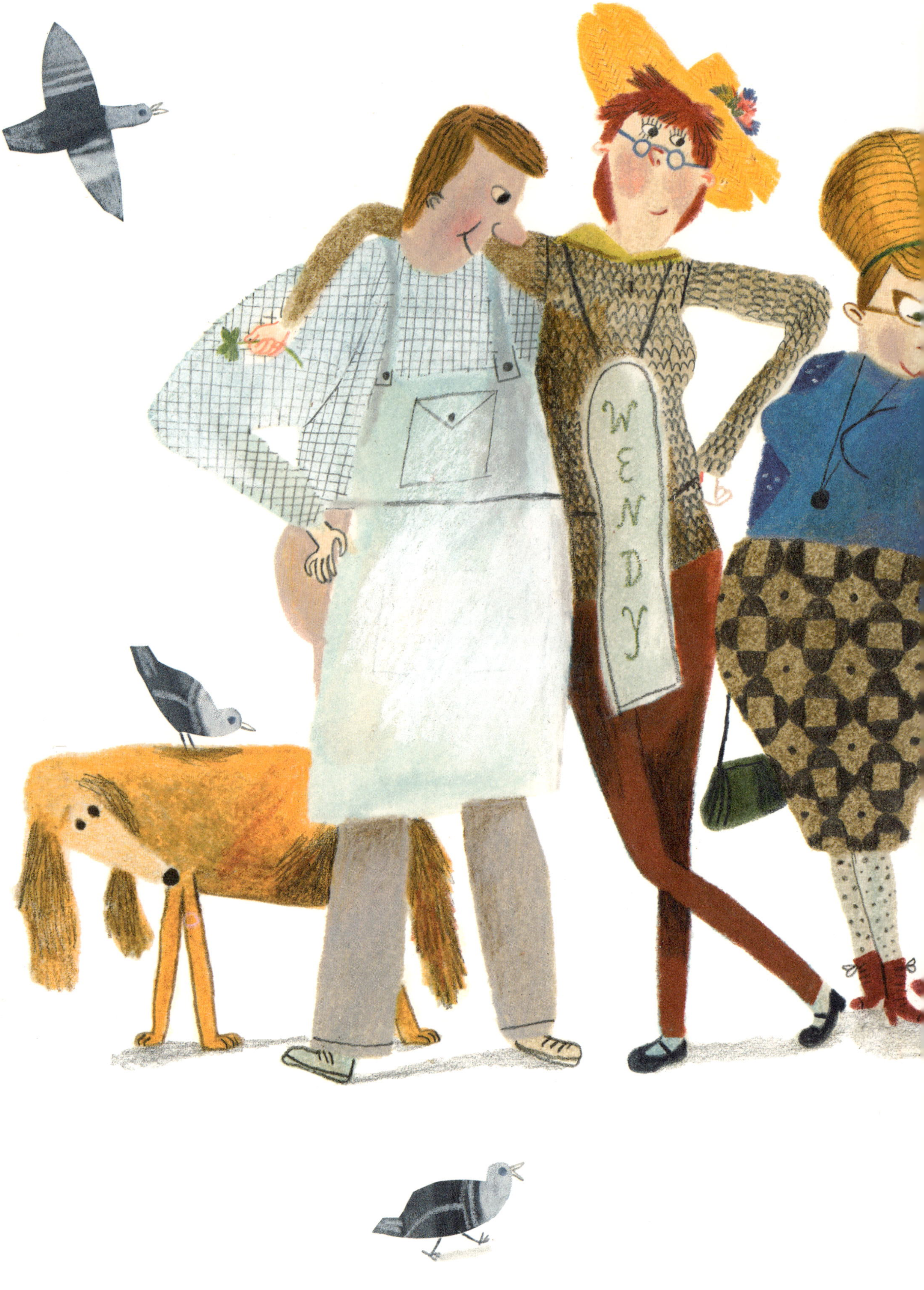
WENDY

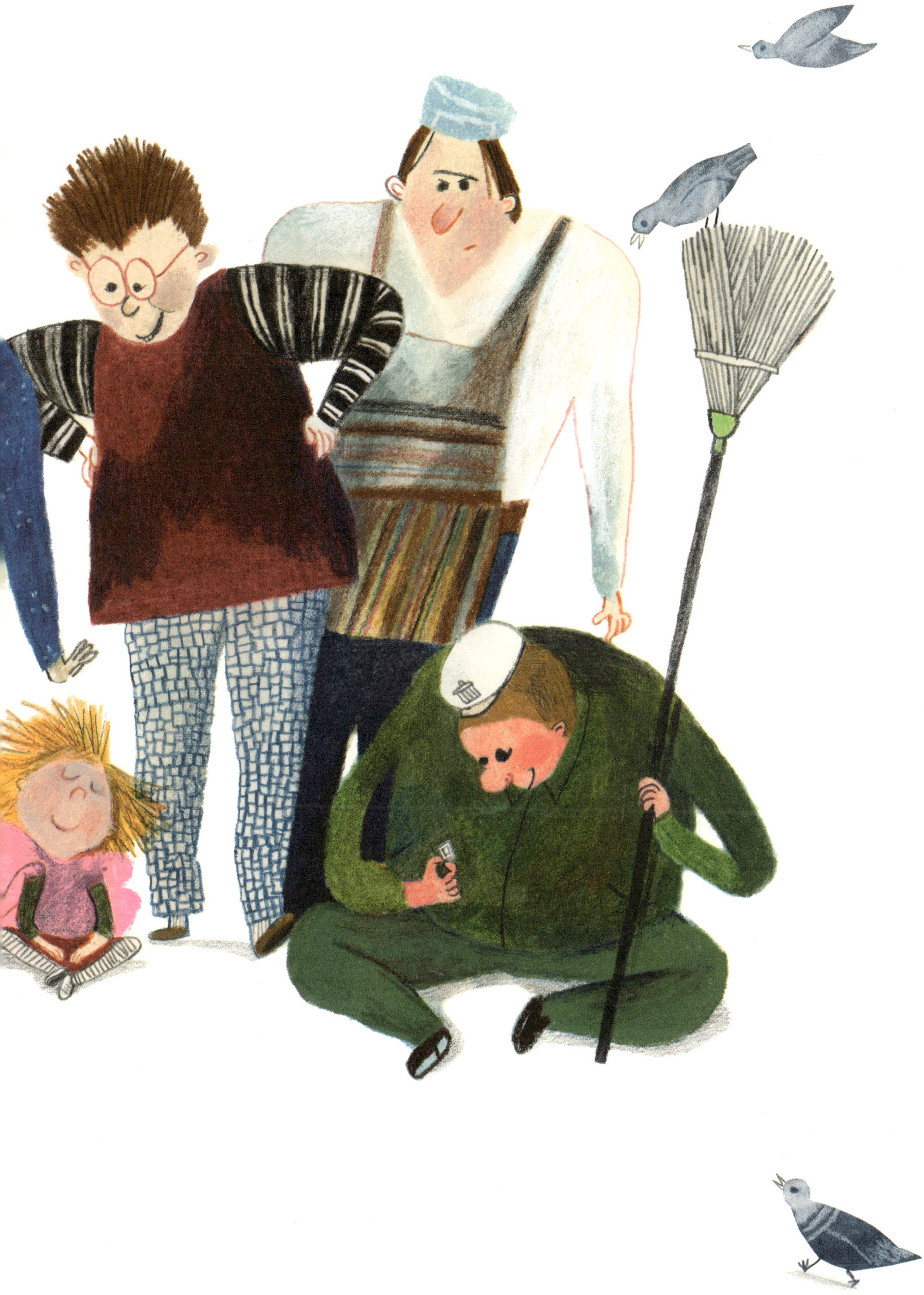

B.A.

« *C'est mieux que les petits enfants vivent une vie ordonnée.
Notamment s'ils peuvent l'ordonner eux-mêmes.* »
Fifi Brindacier

Un grand merci à Paola, Béatrice, Olivier, Emmanuel, William et Alix.
B.A.

© 2014 Albin Michel Jeunesse,
22, rue Huyghens, 75014 Paris — www.albin-michel.fr
Loi n° 49-956 du 16 juillet 1949 sur les publications destinées à la jeunesse
N° d'édition : 21345/3 — ISBN-13 : 978 2 226 25781 9 — Dépôt légal : second semestre 2014
Imprimé en Chine par Toppan

Beatrice Alemagna

Le merveilleux
DODU-VELU-PETIT

Albin Michel Jeunesse

J'ai cinq ans et demi
et je m'appelle Edith,
Eddie pour les amis.

Mon père parle cinq langues,
ma mère chante comme un oiseau,
ma sœur est la reine du patin à glace,
et moi, je ne sais rien faire.

Rien de rien.
En tout cas, c'est ce que je pensais.

Car ce matin, j'ai entendu ma sœur dire ces mots :
« anniversaire-maman-dodu-velu-petit ».
Oh ! non : elle allait offrir un cadeau merveilleux à maman !
Moi aussi, je devais faire quelque chose. Mais quoi ??

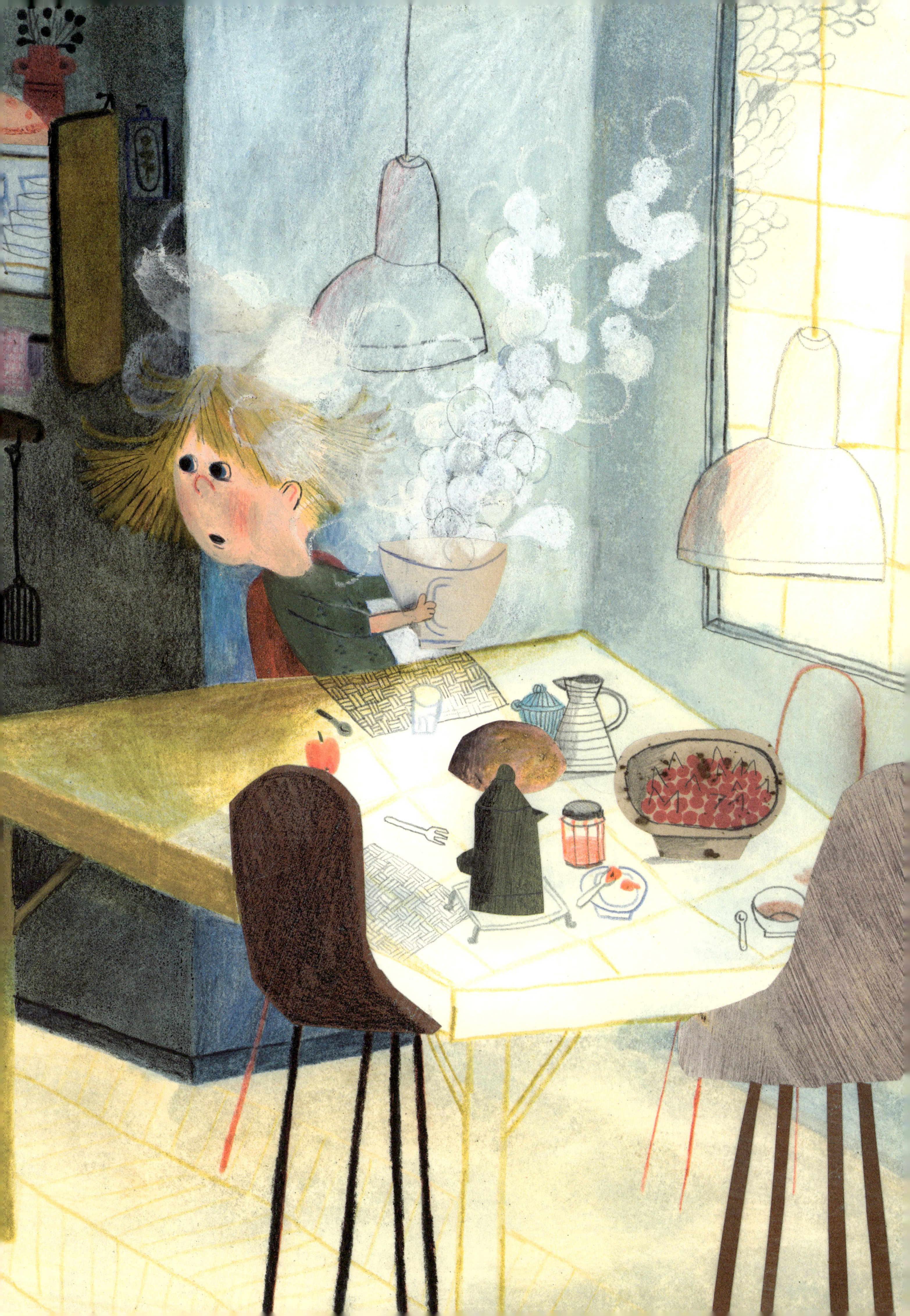

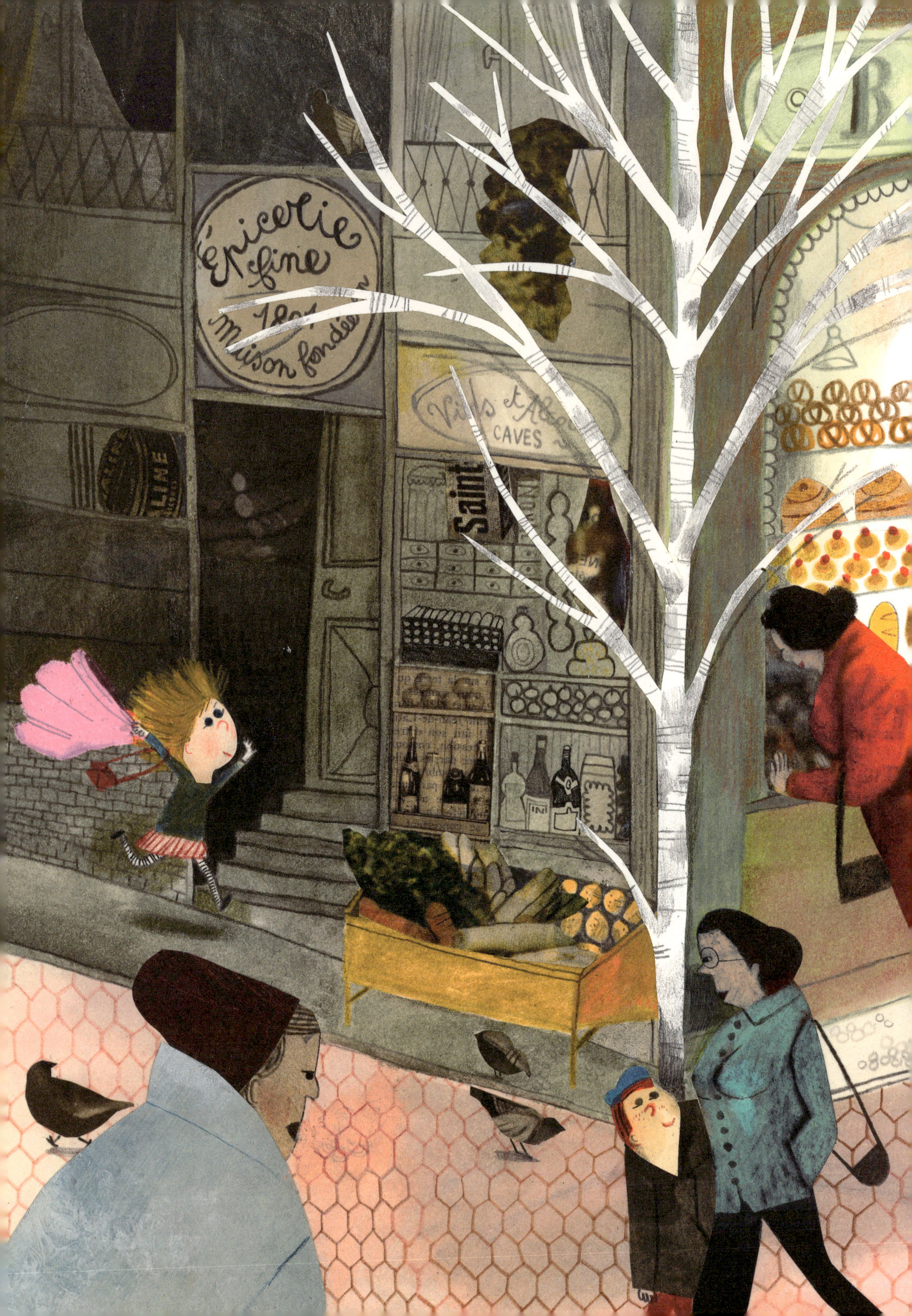
Épicerie fine
CAVES
Saint

Vite, chez Monsieur Jean, le boulanger !
Avec toutes ses merveilles dodues,
il pourrait certainement m'aider.

– Bonjour, Jean, auriez-vous
des DODUS-VELUS ?
– Franchement, ma petite Eddie,
ce truc m'a l'air immangeable.
Mais j'ai des brioches chaudes.
Prends-en une pour la route ! a dit Jean.

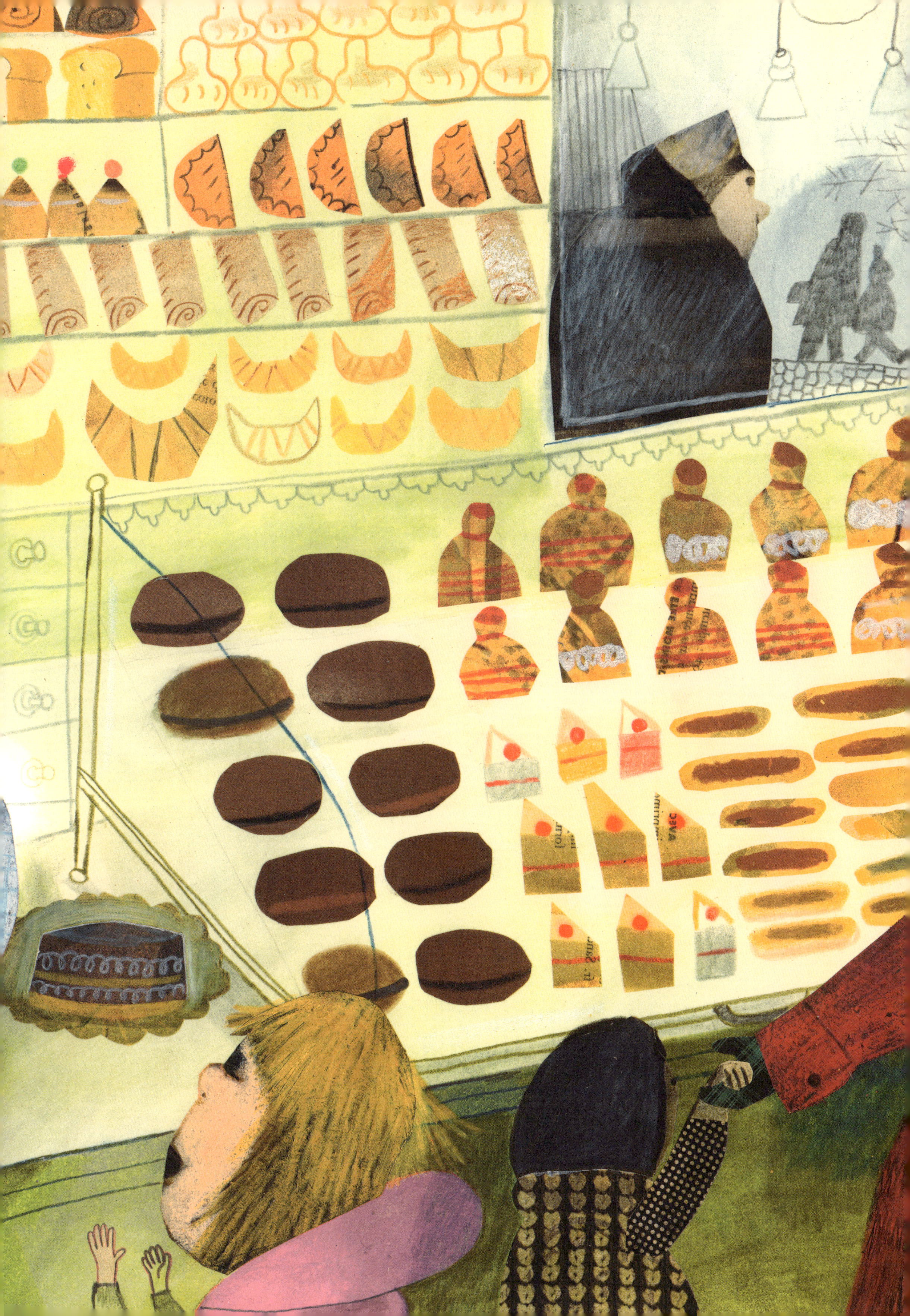

La brioche dans mon sac, je suis partie chez Wendy,
la plus jolie fleuriste du quartier.

– Un TOUFFU-VELU ? C'est sans doute une plante poilue, a déclaré Wendy. Prends ce trèfle, il te portera chance.

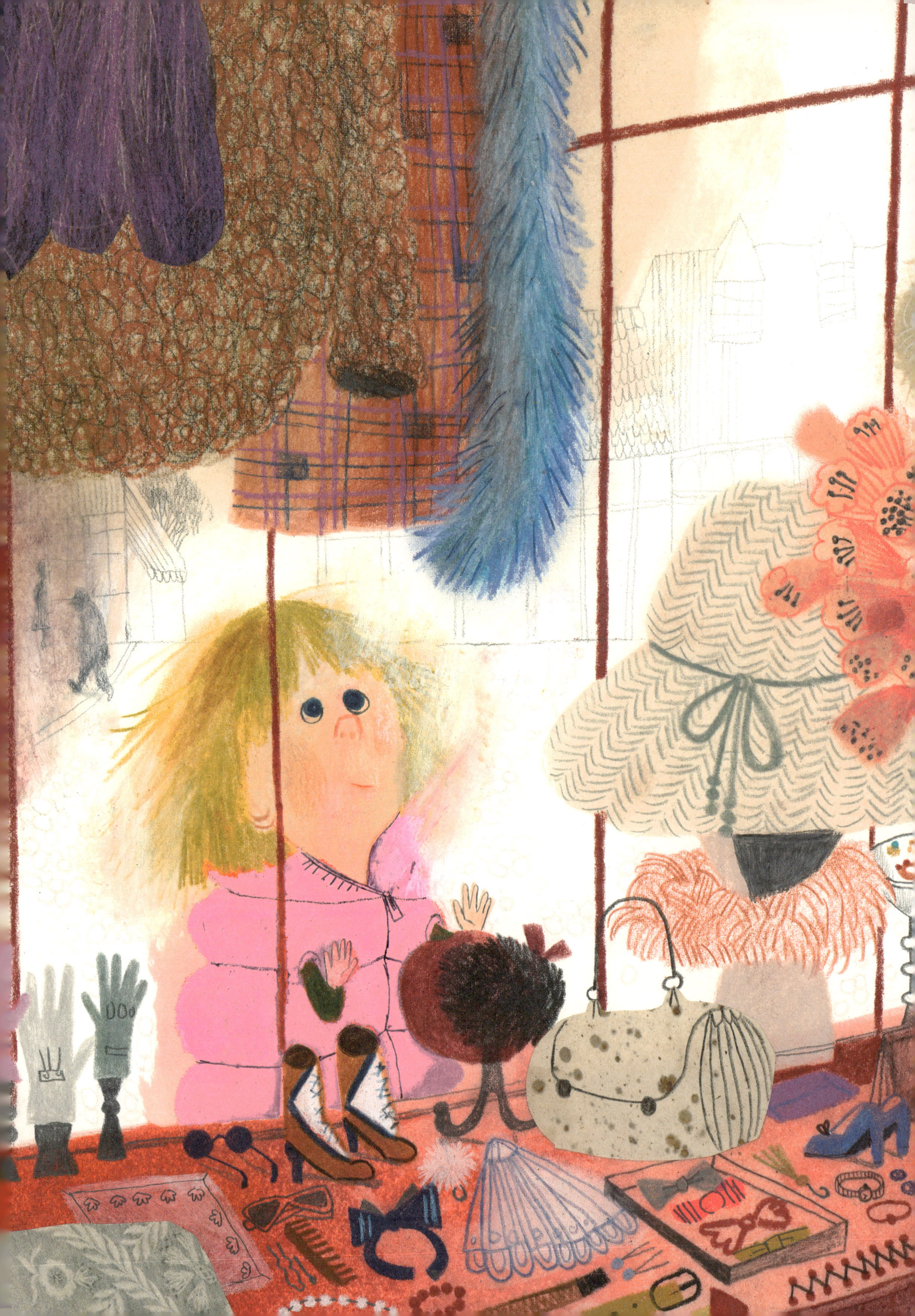

Poilu ? Il n'y a rien de plus poilu que le magasin de Mimi.
On y voit des choses à voile et à plume dans tous les coins.
C'est là que j'allais le trouver !

– Une DOUDOUNE-VELUE...
Oh, ma chérie,
mais ce n'est pas chic ! Prends ceci.
C'est très précieux ! m'a assuré Mimi.

Un bouton de nacre ? Me voilà bien avancée !
Il ne me restait plus qu'à aller voir le type
le plus chic du monde.

Mon ami Emmett l'antiquaire !

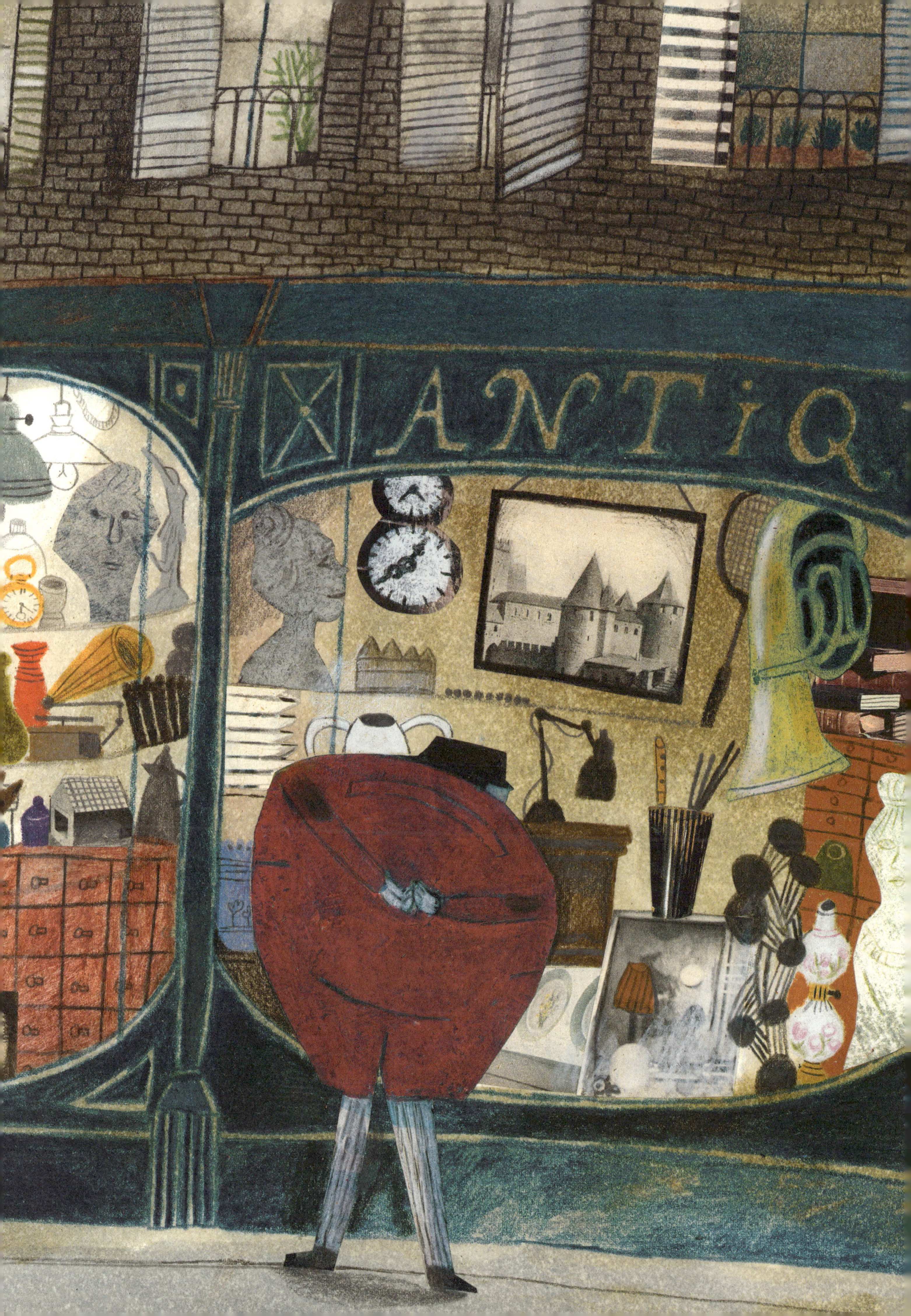
ANTIQ

– Un DODU-COMMENT ? a demandé Emmett.
Mmhhh... je n'ai rien dans ce style, Eddie.
Mais voici un trésor pour ta maman :
un timbre de la Marine anglaise.
RA-RI-SSI-ME ! Sûr que ça va lui plaire.

Un vieux timbre ?!
Ça allait de pire en pire...

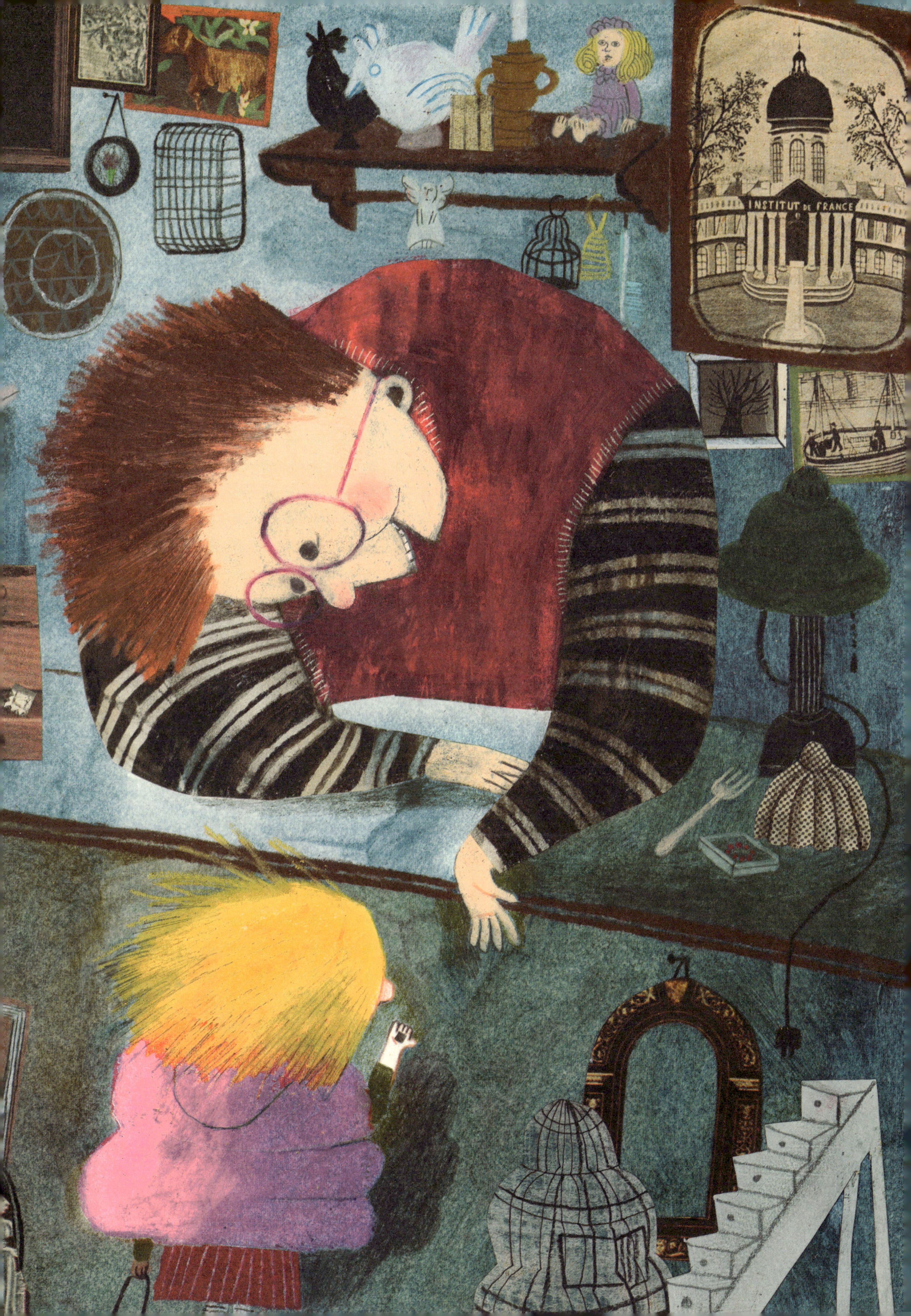
INSTITUT DE FRANCE

Alors, j'ai interrogé tous les passants :
personne ne savait rien.
Sur la place, il y avait la boucherie de Théo.
Ce gros bourru était mon dernier espoir.

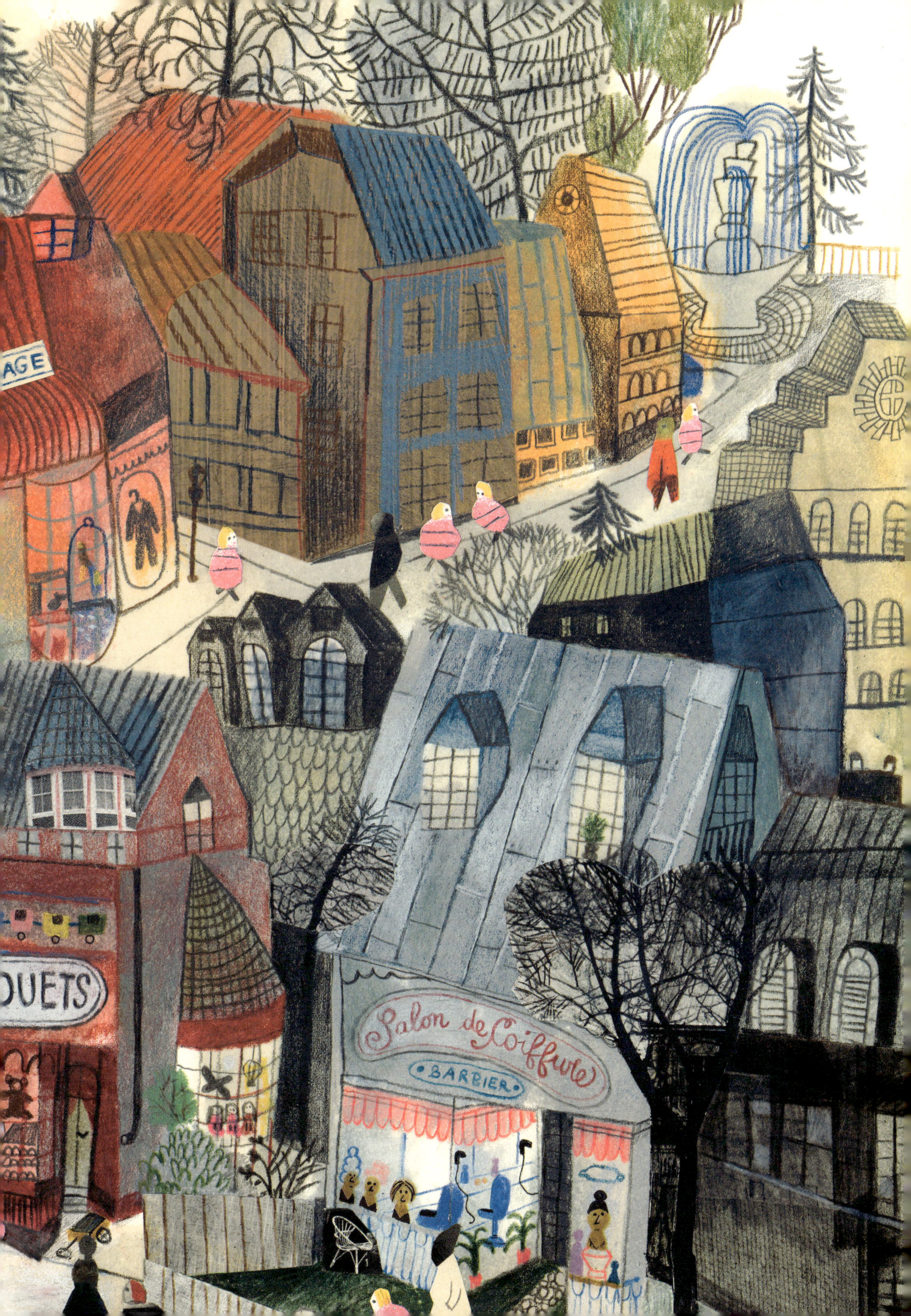
AGE
OUETS
Salon de Coiffure
BARBIER

– Quoi ? Un FARFELU-DODU ? ? ?
Je n'ai pas le temps pour ces bêtises !
Allez, file, Eddie ! a crié Théo
en pointant son gros couteau
sous mon nez.

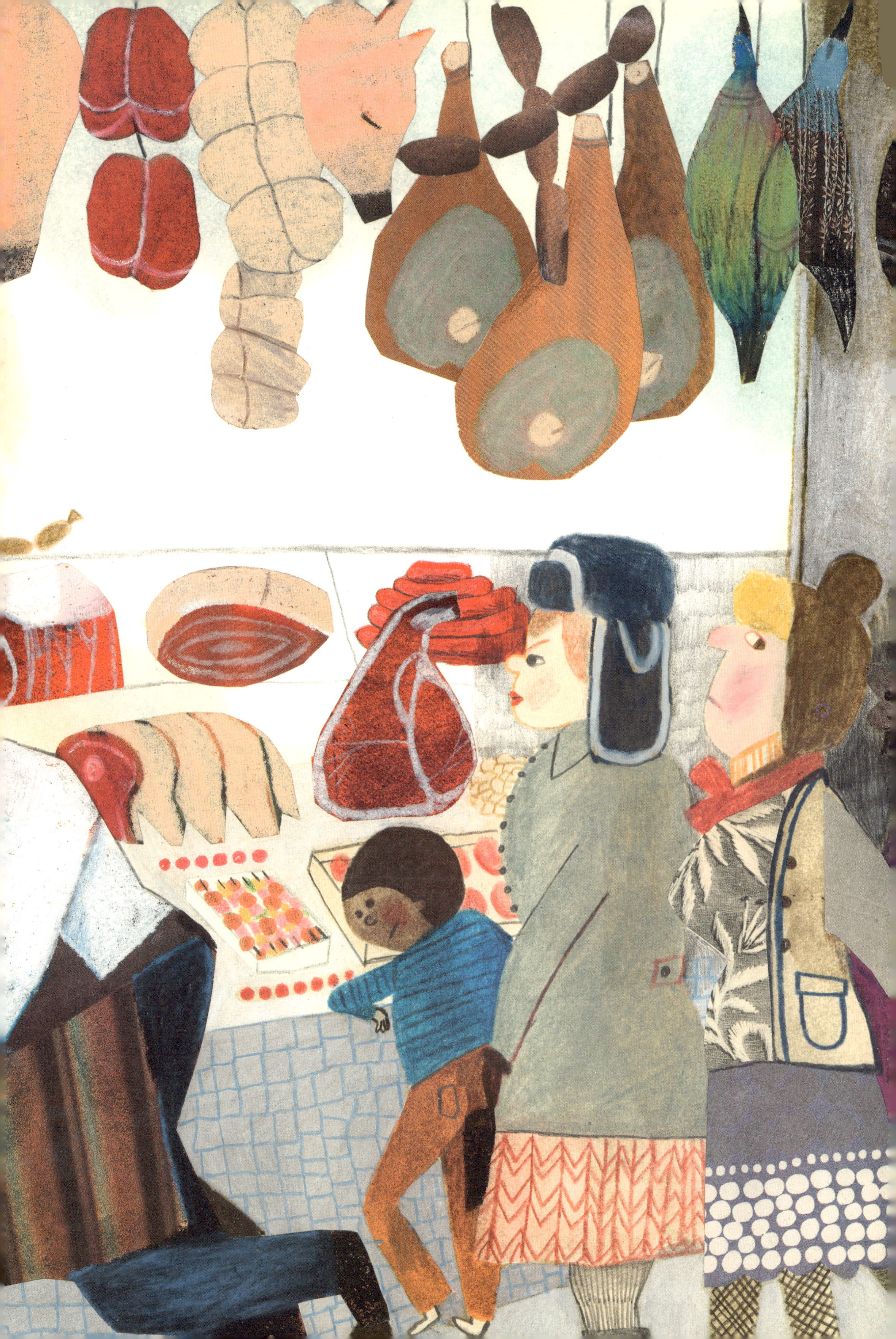

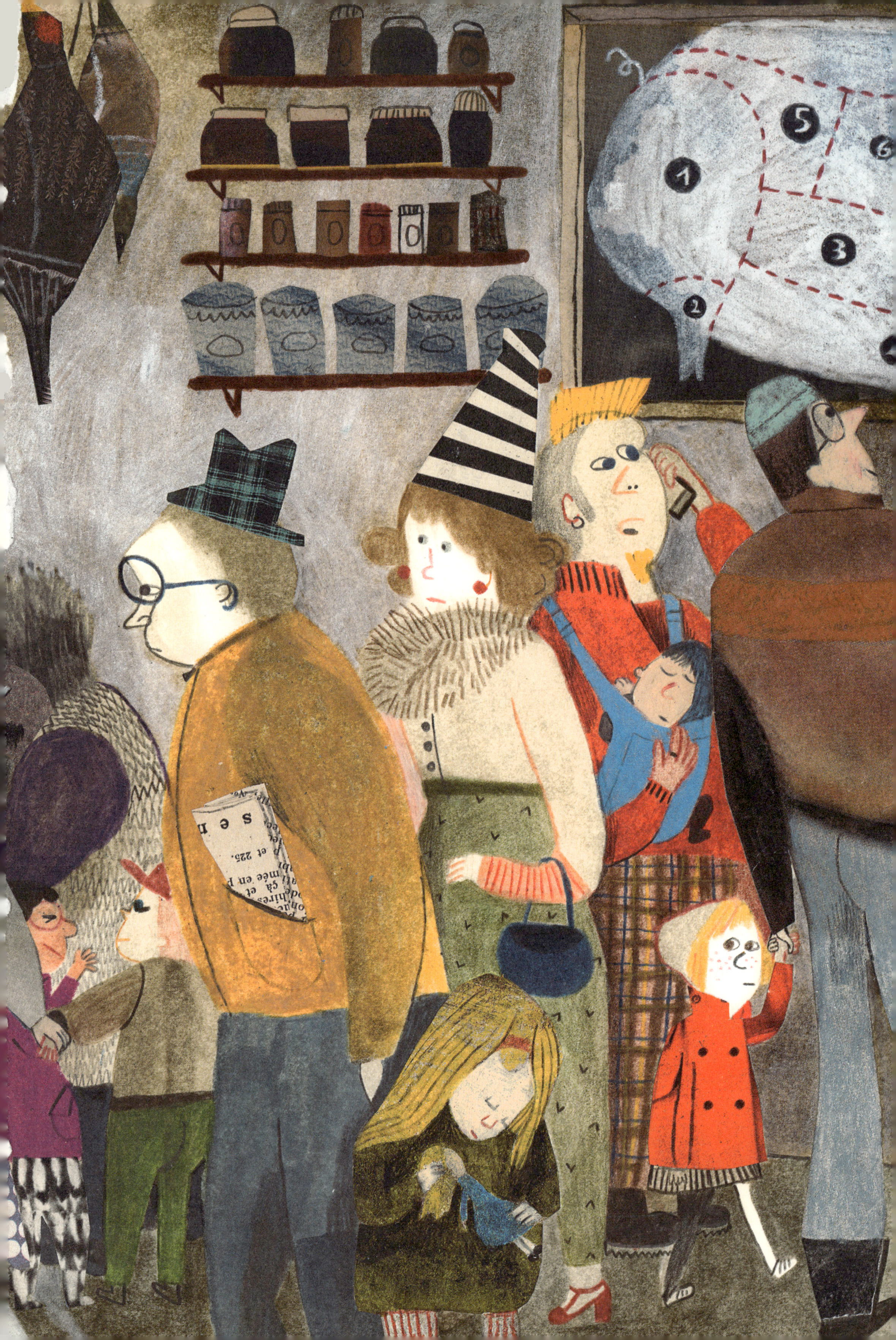
5
6
1
3
2

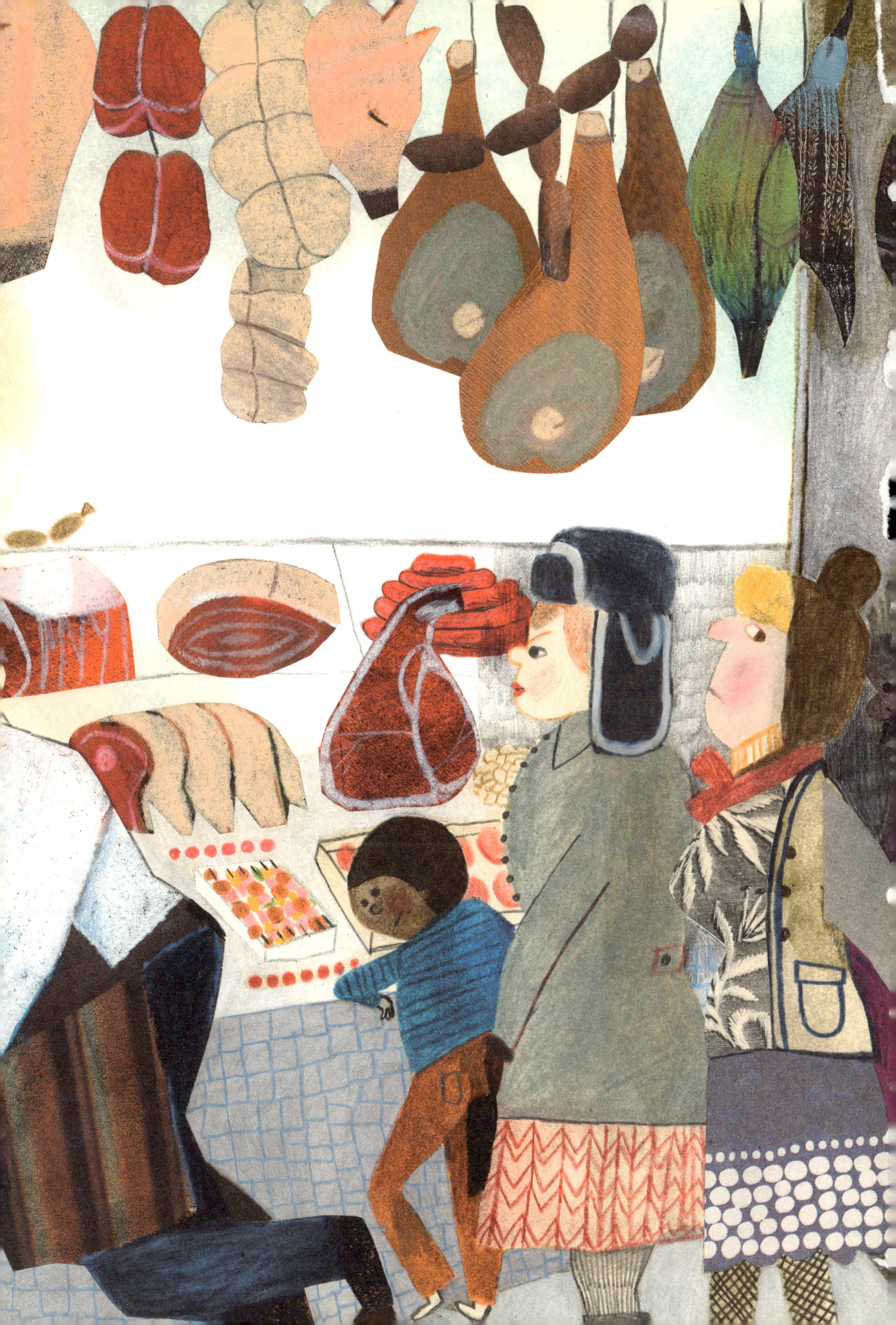

AAAAHHHH !
J'ai eu tellement peur
que j'ai détalé comme un lièvre !

Zut, il commençait à neiger...
Épuisée, découragée,
je me suis mise à l'abri.

Mais alors que je n'y croyais plus, j'ai entendu
des petits gloussements merveilleux.
Et là, je l'ai vu !

Quelle adorable créature,
pas chic, poilue, immangeable et rarissime !
C'était lui, enfin, le vrai DODU-VELU-PETIT !
Mon cadeau aux mille usages !

COUSSIN

ÉCHARPE

PLANTE DÉCORATIVE

CHAPEAU INCROYABLE

MASSEUR PERSONNEL

RAMASSE-TRÉSORS

AIDE MÉNAGÈRE

SCULPTURE VIVANTE

PINCEAU

Grâce à la brioche de Jean,
j'étais à deux doigts de l'attraper,
mais soudain le DODU a glissé…

... pile dans la grosse poubelle
que ce bêta de Quentin allait fermer !
Je l'ai supplié.
– Pas question que je l'ouvre
pour un vieux bout de tissu,
a dit Quentin.

C'était vraiment pas de chance !
J'ai donc touché le trèfle de Wendy
et le vieux timbre est tombé par terre.

Immédiatement, Quentin a fait demi-tour.

– C'est quoi, ce truc ? a-t-il lancé.
– Marine anglaise. RA-RI-SSI-ME !
– Je ne l'ai pas dans ma collection.
Tu DOIS me le vendre.
– Eh bien, je ne le vends pas,
mais je l'échange contre ta poubelle.
Et j'ai pu ouvrir le sac !

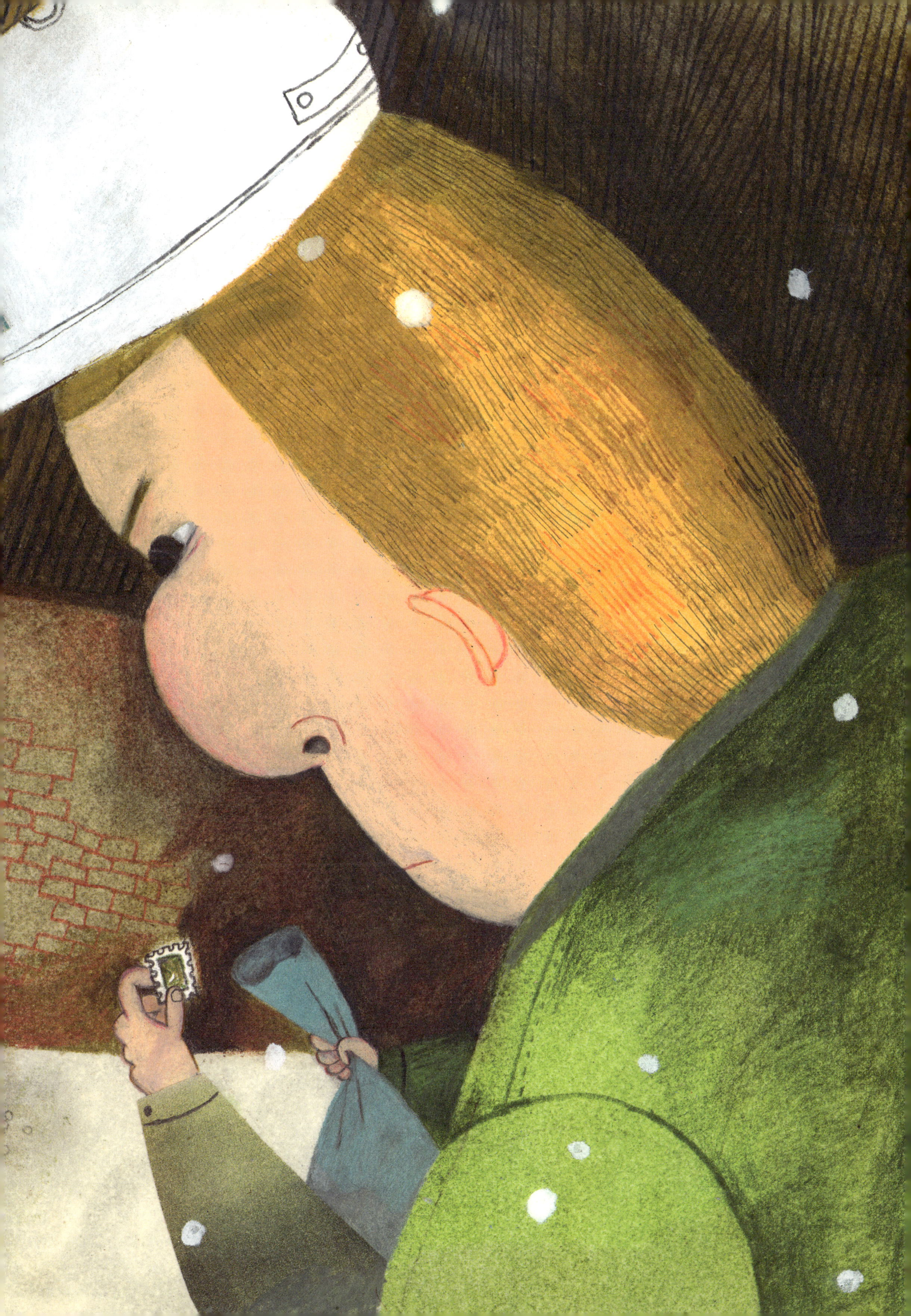

Beurk ! Le PETIT VELU s'était roulé dedans,
et avait besoin d'un bain.
Où ? Dans les alentours, il y avait bien une fontaine.
Mais... à pièces.

Et dans mes poches, pas un sou,
seulement le vieux bouton de Mimi !
Pourquoi pas ?
Après tout, il était TRÈS précieux.
Je l'ai glissé dans la fente et j'ai attendu.

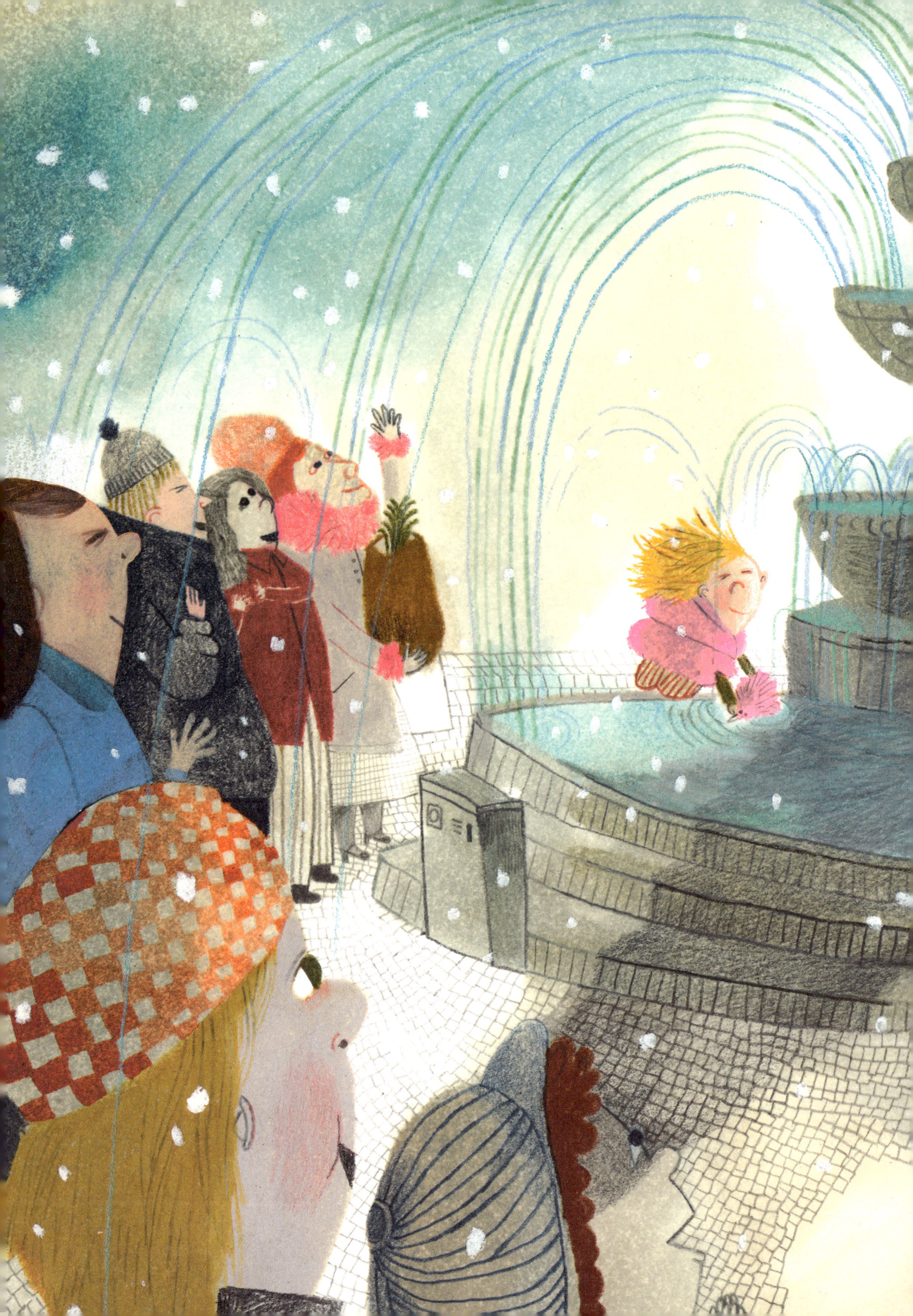

Quelques secondes après,
comme par magie, l'eau a jailli et virevolté.
Et sous une cascade de brume et de neige,
les gens ont applaudi ce beau spectacle.

Quelle journée!
Dire que jamais personne avant moi
n'avait rencontré cette merveille.
Dire que je savais faire une chose
mieux que quiconque:
trouver des DODUS-VELUS-PETITS!

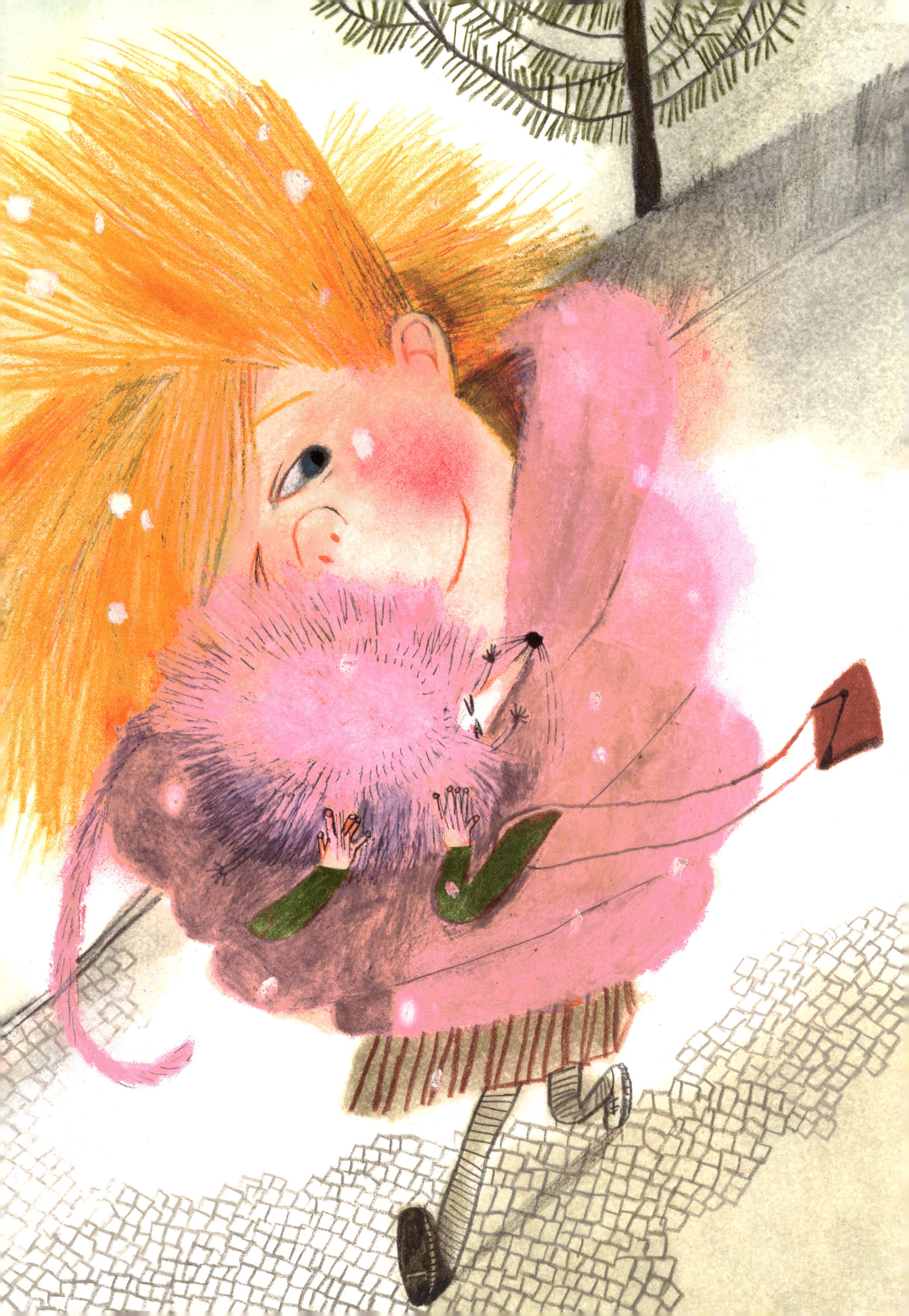

À la maison, maman n'en revenait pas :
– Quelle merveille, ma chérie,
ce cadeau DODU-VELU-PETIT !
C'est toi qui l'as trouvé ?
– Oui, maman.
Moi et mes merveilleux amis.

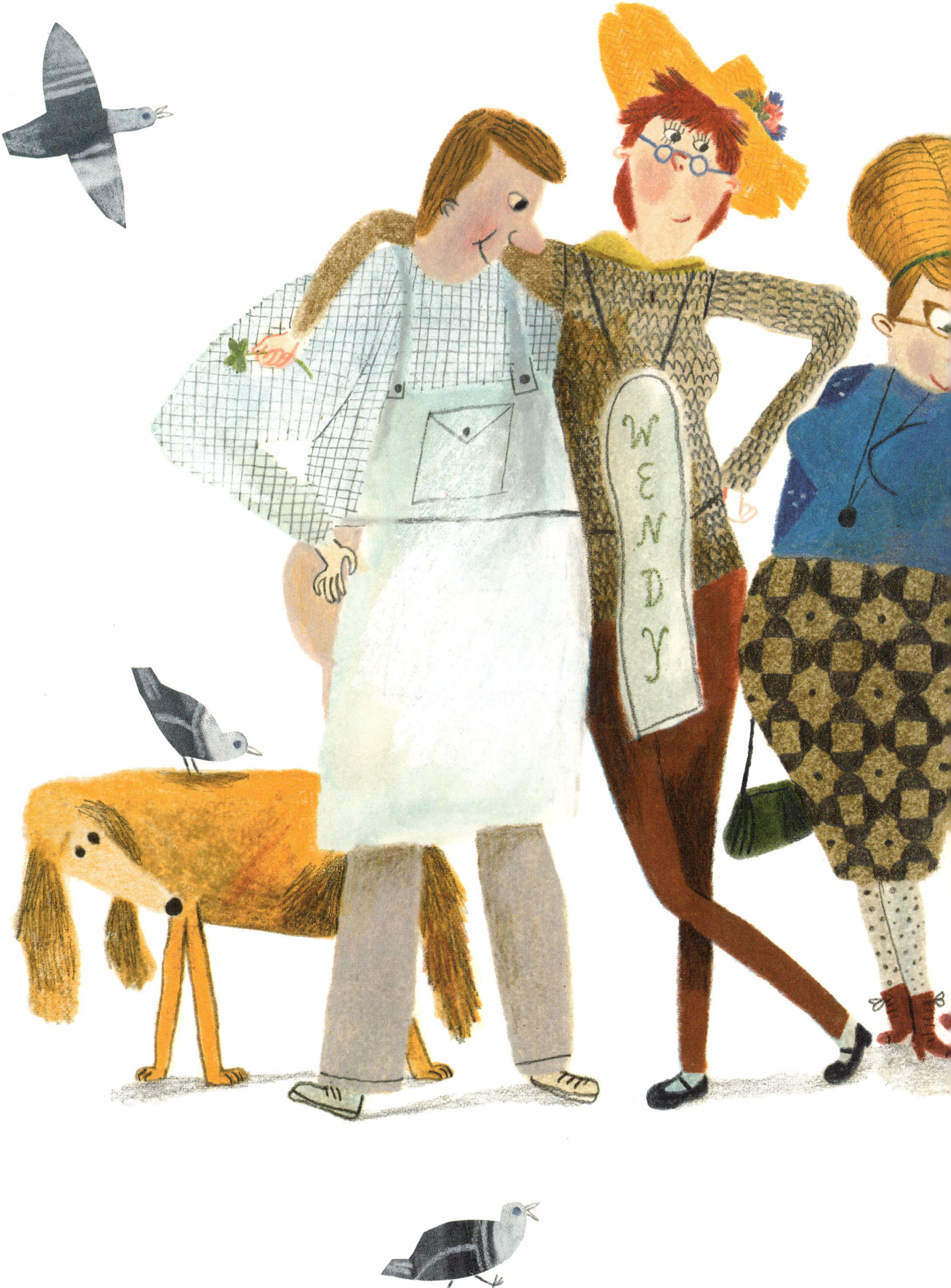
WENDY